THE CAT IN THE HAT

By Dr. Seuss

IN ENGLISH AND SPANISH

Translated by
Georgina Lázaro
and
Teresa Mlawer

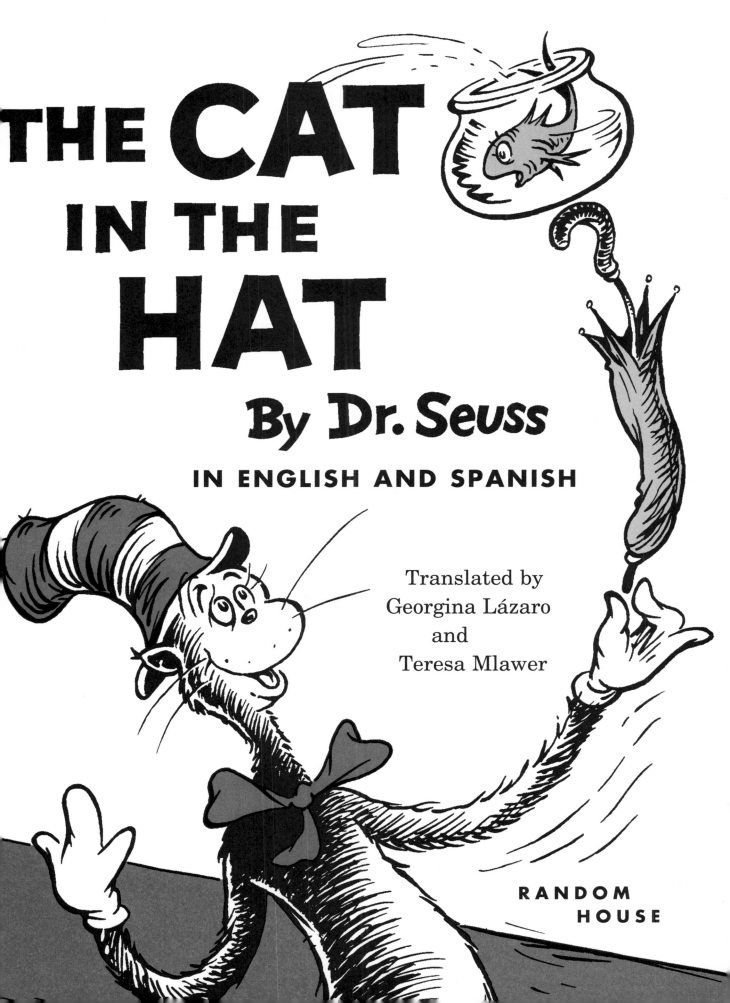

RANDOM
HOUSE

Visit us on the Web!
Seussville.com
randomhousekids.com

Educators and librarians, for a variety of teaching tools, visit us at
RHTeachersLibrarians.com

Library of Congress Cataloging-in-Publication Data
Seuss, Dr., author, illustrator.
[Cat in the hat. Spanish & English.]
The cat in the hat = El gato ensombrerado / by Dr. Seuss ;
translated by Georgina Lázaro and Teresa Mlawer. — First edition.
pages cm. — (Beginner books)
Summary: A zany but well-meaning cat brings a cheerful, exotic, and exuberant form of
chaos to a household of two young children one rainy day while their mother is out.
ISBN 978-0-553-52443-7 (trade) — ISBN 978-0-553-52444-4 (lib. bdg.)
[1. Stories in rhyme. 2. Cats—Fiction. 3. Spanish language materials—Bilingual.]
I. Lázaro León, Georgina, translator. II. Mlawer, Teresa, translator.
III. Seuss, Dr. Gato ensombrerado. IV. Title. V. Title: Gato ensombrerado.
PZ74.3 .S39 2015b [E]—dc23 2014041348

Printed in the United States of America   10 9 8 7 6 5 4 3 2 1

The sun did not shine.
It was too wet to play.
So we sat in the house
All that cold, cold, wet day.

El sol no había salido.
Jugar no se podía.
Nos quedamos en casa
ese lluvioso día.

I sat there with Sally.
We sat there, we two.
And I said, "How I wish
We had something to do!"

Too wet to go out
And too cold to play ball.
So we sat in the house.
We did nothing at all.

Me senté allí con Sara,
en el lugar aquel.
Dije: «¡Cuánto quisiera
tener algo que hacer!».

Muy lluvioso y muy frío
para irnos a jugar.
Nos quedamos en casa
sin hacer nada más.

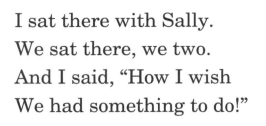

So all we could do was to
Sit!
    Sit!
        Sit!
            Sit!
And we did not like it.
Not one little bit.

Y todo lo que hicimos
fue
    estar
        ahí
            sentados
sin poder hacer nada
y muy, muy disgustados.

And then
Something went BUMP!
How that bump made us jump!

Y entonces
se oyó un ¡BUMP!
que nos hizo brincar.

We looked!
Then we saw him step in on the mat!
We looked!
And we saw him!
The Cat in the Hat!
And he said to us,
"Why do you sit there like that?"

¡Miramos
y lo vimos justo cuando iba a entrar!
¡Miramos
y lo vimos!
¡El Gato Ensombrerado!
Y él nos miró y nos dijo:
—¿Qué hacen ahí sentados?

"I know it is wet
And the sun is not sunny.
But we can have
Lots of good fun that is funny!"

—Yo sé que está mojado
y que el sol no ha salido.
¡Podríamos divertirnos
con algo divertido!

"I know some good games we could play,"
Said the cat.
"I know some new tricks,"
Said the Cat in the Hat.
"A lot of good tricks.
I will show them to you.
Your mother
Will not mind at all if I do."

—Conozco buenos juegos
que podemos jugar.
También sé nuevos trucos
—añadió sin parar—.
Muchos trucos muy buenos
que les voy a enseñar.
Y sé que a su mamá
no le va a molestar.

Then Sally and I
Did not know what to say.
Our mother was out of the house
For the day.

Sara y yo no supimos
entonces qué decir.
Mamá no estaba en casa,
pues tuvo que salir.

But our fish said, "No! No!
Make that cat go away!
Tell that Cat in the Hat
You do NOT want to play.
He should not be here.
He should not be about.
He should not be here
When your mother is out!"

—¡No! —dijo nuestro pez—.
Se tendrá que marchar.
Díganle a ese gato
que NO quieren jugar.
No debe estar aquí.
No debe estar acá.
¡No debe estar aquí
si su mamá no está!

"Now! Now! Have no fear.
Have no fear!" said the cat.
"My tricks are not bad,"
Said the Cat in the Hat.
"Why, we can have
Lots of good fun, if you wish,
With a game that I call
Up-up-up with a fish!"

—¡Vamos, vamos, no teman!
¡No teman! —dijo el gato—.
No son malos los trucos
del Gato Ensombrerado.
Podemos divertirnos
muchísimo los tres
con un juego que llamo
¡Arriba-arriba-el-pez!

"Put me down!" said the fish.
"This is no fun at all!
Put me down!" said the fish.
"I do NOT wish to fall!"

—¡Bájame! —dijo el pez—.
¡Esto no me divierte!
¡Bájame! —dijo el pez—.
¡Yo NO quiero caerme!

"Have no fear!" said the cat.
"I will not let you fall.
I will hold you up high
As I stand on a ball.
With a book on one hand!
And a cup on my hat!
But that is not ALL I can do!"
Said the cat . . .

—No temas —dijo el gato—.
No te vas a caer.
Parado en la pelota
alto te sostendré.
¡Con un libro en la mano!
¡La taza en mi sombrero!
Y eso no es TODO —dijo—.
¡No es todo lo que puedo!

"Look at me!
Look at me now!" said the cat.
"With a cup and a cake
On the top of my hat!
I can hold up TWO books!
I can hold up the fish!
And a little toy ship!
And some milk on a dish!
And look!
I can hop up and down on the ball!
But that is not all!
Oh, no.
That is not all . . .

—¡Mírenme ahora! —dijo—.
Miren aquí primero:
¡la taza y un pastel
encima del sombrero!
¡Cargo el pez y DOS libros
y un barco de juguete!
¡Puedo cargar un plato
con un poco de leche
y saltar en la bola!
Sí, saltar de este modo.
¡Arriba, abajo, arriba!
Mas, no,
eso no es todo . . .

"Look at me!
Look at me!
Look at me NOW!
It is fun to have fun
But you have to know how.
I can hold up the cup
And the milk and the cake!
I can hold up these books!
And the fish on a rake!
I can hold the toy ship
And a little toy man!
And look! With my tail
I can hold a red fan!
I can fan with the fan
As I hop on the ball!
But that is not all.
Oh, no.
That is not all. . . ."

—¡Miren,
mírenme AHORA!
Divertirse a mi modo
es muy, muy divertido,
mas deben saber cómo.
¡Puedo cargar la taza,
puedo cargar los libros,
la leche y el pastel
y el pez en un rastrillo!
¡El barco de juguete,
también un muñequito!
Y agarro con mi cola
este rojo abanico.
¡Mientras brinco en la bola,
con él me abanico!
Pero eso no es todo.
¡Oh, no!
Eso no es todo . . .

That is what the cat said . . .
Then he fell on his head!
He came down with a bump
From up there on the ball.
And Sally and I,
We saw ALL the things fall!

Es lo que dijo el gato y . . .
¡de cabeza cayó!
Y parado en la bola,
cayó de sopetón.
Sara y yo vimos todo.
¡TODO lo que cayó!

And our fish came down, too.
He fell into a pot!
He said, "Do I like this?
Oh, no! I do not.
This is not a good game,"
Said our fish as he lit.
"No, I do not like it,
Not one little bit!"

¡Y el pez en la tetera,
igualmente cayó!
—¿Que si me gusta? —dijo—.
¡Oh, no! ¡Claro que no!
Esto no es un buen juego
—dijo cuando salió—.
No me gusta ni un poco.
No, no. ¡Claro que no!

"Now look what you did!"
Said the fish to the cat.
"Now look at this house!
Look at this! Look at that!
You sank our toy ship,
Sank it deep in the cake.
You shook up our house
And you bent our new rake.
You SHOULD NOT be here
When our mother is not.
You get out of this house!"
Said the fish in the pot.

—¡Ay, mira lo que hiciste!
—le dijo el pez al gato—.
¡Mira bien esta casa!
¡Mira por todos lados!
¡Y dentro del pastel,
hundiste aquel barquito!
Revolviste la casa
y doblaste el rastrillo.
NO DEBES aquí estar
si la mamá está fuera.
¡Sal de esta casa! —dijo
el pez en la tetera.

"But I like to be here.
Oh, I like it a lot!"
Said the Cat in the Hat
To the fish in the pot.
"I will NOT go away.
I do NOT wish to go!
And so," said the Cat in the Hat,
"So
    so
      so . . .
I will show you
Another good game that I know!"

—¡Me gusta estar aquí
mucho, mucho, de veras!
—dijo entonces el gato
al pez en la tetera—.
Yo NO me quiero ir.
¡Por eso NO me iré!
Así
    es
      que . . .
¡Ya voy a demostrarles
otro juego que sé!

And then he ran out.
And, then, fast as a fox,
The Cat in the Hat
Came back in with a box.

Luego salió corriendo.
Como un zorro veloz,
el Gato Ensombrerado
volvió con un cajón.

A big red wood box.
It was shut with a hook.
"Now look at this trick,"
Said the cat.
"Take a look!"

Un cajón grande y rojo
con un gancho, cerrado.
—¡Miren el truco! —dijo—.
Miren bien
—dijo el gato.

Then he got up on top
With a tip of his hat.
"I call this game FUN-IN-A-BOX,"
Said the cat.
"In this box are two things
I will show to you now.
You will like these two things,"
Said the cat with a bow.

Se subió encima y dijo,
sosteniendo el sombrero:
—EL-CAJÓN-DIVERTIDO
es el nombre del juego.
En la caja hay dos cosas
que les voy a mostrar.
—Y saludando dijo—:
Las dos les gustarán.

"I will pick up the hook.
You will see something new.
Two things. And I call them
Thing One and Thing Two.
These Things will not bite you.
They want to have fun."
Then, out of the box
Came Thing Two and Thing One!
And they ran to us fast.
They said, "How do you do?
Would you like to shake hands
With Thing One and Thing Two?"

—Ahora alzaré el gancho.
Miren con atención.
Dos cosas. Y las llamo
Cosa Uno y Cosa Dos.
Estas Cosas no muerden,
jugar es su intención.
¡De la caja salieron
Cosa Uno y Cosa Dos!
—¿Qué tal? —las dos dijeron
en carrera veloz—.
¿Querrán darles la mano
a Cosa Uno y Cosa Dos?

And Sally and I
Did not know what to do.
So we had to shake hands
With Thing One and Thing Two.
We shook their two hands.
But our fish said, "No! No!
Those Things should not be
In this house! Make them go!

Sara y yo no supimos
qué podía ser mejor.
Y les dimos las manos
a Cosa Uno y Cosa Dos.
Estrechamos sus manos,
pero el pez dijo: «¡No!
¡De esta casa, las Cosas
deben irse! ¡Las dos!».

"They should not be here
When your mother is not!
Put them out! Put them out!"
Said the fish in the pot.

—No se pueden quedar
si su mamá está fuera.
¡Pronto, sáquenlas! —dijo
el pez en la tetera.

"Have no fear, little fish,"
Said the Cat in the Hat.
"These Things are good Things."
And he gave them a pat.
"They are tame. Oh, so tame!
They have come here to play.
They will give you some fun
On this wet, wet, wet day."

—No temas, pececito,
las Cosas buenas son.
—Y la mano del gato
sus cabezas tocó—.
Son mansas. ¡Oh, tan mansas!
Y han venido a jugar.
En este día lluvioso
los vienen a alegrar.

"Now, here is a game that they like,"
Said the cat.
"They like to fly kites,"
Said the Cat in the Hat.

—Miren, este es un juego
que les gusta jugar.
Les gustan las cometas
y echarlas a volar.

"No! Not in the house!"
Said the fish in the pot.
"They should not fly kites
In a house! They should not.
Oh, the things they will bump!
Oh, the things they will hit!
Oh, I do not like it!
Not one little bit!"

—¡En la casa, no! —dijo
el pez en la tetera—.
No pueden. ¡En las casas
no se vuelan cometas!
¡Tropezarán con todo!
¡Todo lo golpearán!
No me gusta ni un poco.
¡Con todo chocarán!

Then Sally and I
Saw them run down the hall.
We saw those two Things
Bump their kites on the wall!
Bump! Thump! Thump! Bump!
Down the wall in the hall.

Sara y yo entonces vimos
a Cosas Uno y Dos
corriendo por la casa.
¡Pam! ¡Pum! ¡Pam! ¡Pam! ¡Pum! ¡Pom!
¡Las cometas golpeaban
todo en el corredor!

Thing Two and Thing One!
They ran up! They ran down!
On the string of one kite
We saw Mother's new gown!
Her gown with the dots
That are pink, white and red.
Then we saw one kite bump
On the head of her bed!

¡Cosa Dos y Cosa Uno
corrían de arriba a abajo!
De una cometa vimos
un vestido colgado.
¡El nuevo de mamá,
blanco, rojo y rosado!
La otra, contra su cama,
dio un golpe de costado.

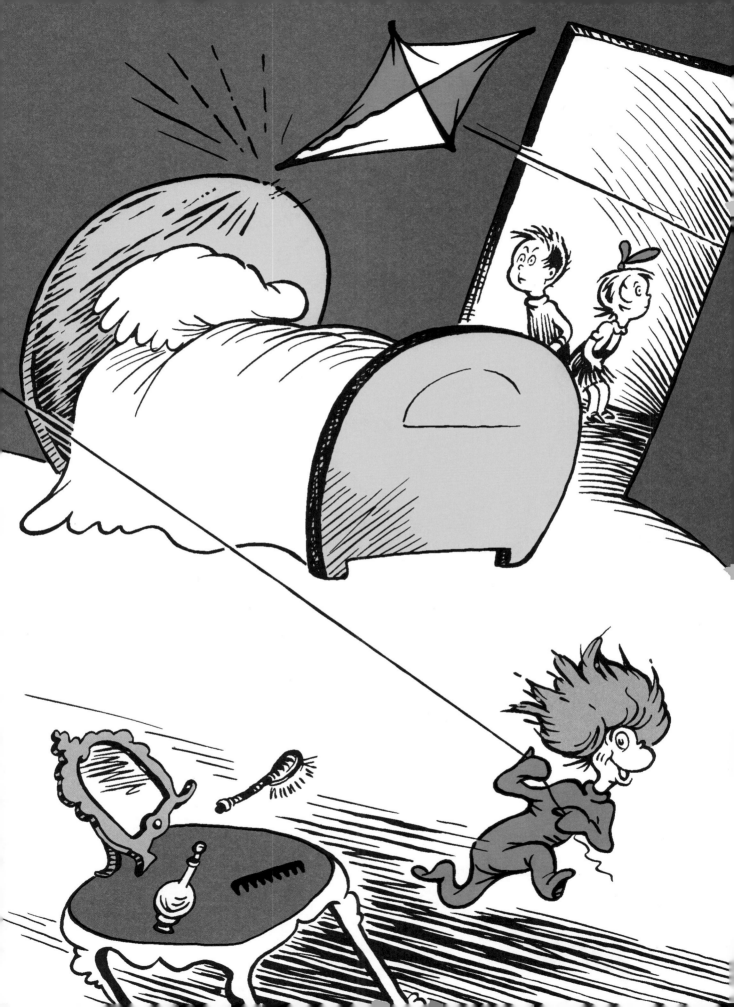

Then those Things ran about
With big bumps, jumps and kicks
And with hops and big thumps
And all kinds of bad tricks.
And I said,
"I do NOT like the way that they play!
If Mother could see this,
Oh, what would she say!"

Las dos Cosas corrían
dando saltos, patadas,
grandes brincos y golpes
y muy malas jugadas.
Yo dije: —¡NO me gusta
esa forma en que juegan!
¿Qué diría mamá
si este reguero viera?

Then our fish said, "LOOK! LOOK!"
And our fish shook with fear.
"Your mother is on her way home!
Do you hear?
Oh, what will she do to us?
What will she say?
Oh, she will not like it
To find us this way!"

Entonces dijo el pez
tembloroso de miedo:
—Escuchen, su mamá
ya viene de regreso.
¿Ahora qué nos hará?
¿Ahora qué nos dirá?
No le va a gustar nada
ver esto como está.

"So, DO something! Fast!" said the fish.
"Do you hear!
I saw her. Your mother!
Your mother is near!
So, as fast as you can,
Think of something to do!
You will have to get rid of
Thing One and Thing Two!"

Dijo el pez: —¡HAGAN algo!
¡Ya, rápido! ¿A qué esperan?
¡La vi! ¡Vi a su mamá!
¡Su mamá está muy cerca!
Tan pronto como puedan
piensen qué van a hacer.
¡Cosa Uno y Cosa Dos:
a desaparecer!

So, as fast as I could,
I went after my net.
And I said, "With my net
I can get them I bet.
I bet, with my net,
I can get those Things yet!"

Tan pronto como pude
fui en busca de mi red.
Y dije: «Con mi red
yo las atraparé.
Yo sé que con mi red
las Cosas pescaré».

Then I let down my net.
It came down with a PLOP!
And I had them! At last!
Those two Things had to stop.
Then I said to the cat,
"Now you do as I say.
You pack up those Things
And you take them away!"

¡PLOP!, y dejé caer
de repente mi red.
¡Por fin a las dos Cosas
de una vez atrapé!
Entonces dije al gato:
—Harás lo que yo diga.
Empaca esas dos Cosas.
¡Sácalas enseguida!

"Oh dear!" said the cat.
"You did not like our game . . .
Oh dear.
  What a shame!
    What a shame!
      What a shame!"

—¿No les gustó mi juego?
—dijo el gato—. ¡Qué pena!
Oh, vaya.
  ¡Qué pena!
    ¡Qué pena!
      ¡Qué pena!

Then he shut up the Things
In the box with the hook.
And the cat went away
With a sad kind of look.

Y encerró a las dos Cosas
en el rojo cajón.
Y se fue de la casa
con semblante tristón.

"That is good," said the fish.
"He has gone away. Yes.
But your mother will come.
She will find this big mess!
And this mess is so big
And so deep and so tall,
We can not pick it up.
There is no way at all!"

—¡Qué bien! —exclamó el pez—.
El gato ya se ha ido.
Pero al llegar mamá
verá lo que ha ocurrido.
¡Un reguero tan grande
y tan alto y tan hondo,
que va a ser imposible
poder recoger todo!

And THEN!
Who was back in the house?
Why, the cat!
"Have no fear of this mess,"
Said the Cat in the Hat.
"I always pick up all my playthings
And so . . .
I will show you another
Good trick that I know!"

¡Y ENTONCES!
¿Quién estaba de vuelta?
Claro, el gato, que dijo:
—¡Yo lo recojo todo!
¡No teman este lío!
Yo guardo mis juguetes.
Así es que . . .
ahora les mostraré
otro truco que sé.

Then we saw him pick up
All the things that were down.
He picked up the cake,
And the rake, and the gown,
And the milk, and the strings,
And the books, and the dish,
And the fan, and the cup,
And the ship, and the fish.
And he put them away.
Then he said, "That is that."
And then he was gone
With a tip of his hat.

Lo vimos recoger
lo que se había caído.
Recogió aquel pastel,
el traje y el rastrillo,
la leche y los cordones,
y el plato y esos libros,
el barquito y el pez,
la taza, el abanico.
Y dijo: «Listo ya»,
tan pronto los guardó.
Inclinó su sombrero
y entonces se marchó.

Then our mother came in
And she said to us two,
"Did you have any fun?
Tell me. What did you do?"

And Sally and I did not know
What to say.
Should we tell her
The things that went on there that day?

Cuando llegó mamá
nos preguntó a los dos:
«¿Se divirtieron mucho?
Cuéntenme qué pasó».

No supimos decirle
ni mi hermana ni yo.
¿Deberíamos contarle
lo que allí ocurrió?

Should we tell her about it?
Now, what SHOULD we do?
Well . . .
What would YOU do
If your mother asked YOU?

¿DEBERÍAMOS contarle?
A ver . . .
¿qué harías TÚ, di,
si al llegar tu mamá
te preguntara a TI?